빨간 악어를 만나러간다

시와소금 시인선 · 066

빨간 악어를 만나러간다

이향숙 시집

시와소금

▌이향숙

- 충남 공주 출생
- 2013년 《시와소금》 봄호 등단
- 2016년 부천예술상 수상
- 2017년 부천시 문화예술발전기금 수혜
- 전자주소 : llhs1225@hanmail.net

사람을

사랑하는 일

당신의 손을 잡고

어느 순간 놓았던 일

지금도 두 발로 그러한

당신으로 불리는

모든 내일을 기다리는 일

2017년 여름

이향숙

| 차례 |

| 시인의 말 |

제1부 너무 뜨거운 화법

제2부 목련정거장

제3부 고양이의 곡선

제4부 어머니의 사춘기

시집해설 | 전기철

제 1 부

너무 뜨거운 화법

살 혹은 삶

입[口] 하나 단단히 눌러 살 아래턱에 끼웁니다
같은 듯 다른 우리는 하나지만 둘입니다

살, 하고 발음하면 터지는 입처럼
날개 위의 햇살처럼 당신은 어디론가 깜짝 날아갑니다

하루에도 수천 번 바람을 이해하는
나뭇가지에 걸어둔 저녁새의 안부를 묻습니다

낮 동안 그을린 나뭇잎들 가만가만 먼지 같은 소식을 털고
발아래 키운 그늘을 가장자리부터 거둡니다

어김없이 어둠이 오고 나를 동그랗게 말던 저녁을 지나
실마리를 찾지 못하던 엉클어진 밤의 손끝을 지나

잘 있느냐고, 잘 있는 거라고
삶, 하고 다무는 입

오월이니까

용서하렴
층층이 초록이 쌓이는 염치없는 오월을 용서하렴

어미의 헤진 앞치마 같이 찔레꽃 피는 오월
언제든 오라며 등 뒤에 넝쿨장미 얼굴을 묻던
바래버린 망각의 계절을 용서하렴
너만 있어준다면
한겨울 시묘살이도 마다하지 않겠다던 다짐을
용서하렴 무턱대고 덥석 손을 잡았던 나를
털썩 손을 놓았던 시퍼런 어느 날을 용서하렴

여름에도 동백꽃 하얗게 진다고
비단나무 꽃모가지 뚝뚝 떨어진 무덤가
여린 네 얼굴 앞에 두고 기도를 한다

오랜 광주의 울음을 아버지의 두 팔로 감싸 안을 때
약속을 지키려고 먼저 간 아버지를 만나러간다
원인 미상 아들의 죽음을 어미가 몸으로 노래할 때

이 땅의 어머니들이 함께 숨죽여 울어주는 오월이다
미수습자 아들딸이 3년 만에 바다에서 돌아오는 오월

열한 번째 용서를 구하지 못해 꽃이 핀다
슬픈 소식인 듯 노란 꽃창포 핀다
그것도 열매라고 맺어야하는 거라고
피고 또 지는 꽃들을 용서하렴

너무 뜨거운 화법

파르르 입술이 열리자
짧은 혀를 내둘러 심장에 비수를 내리 꽂는다

순간으로 타올라 한 줌 재마저 남기지 않는 당신의 말
뒤끝이 없어 좋다고

나는 온전히 앞에서 다쳤다고 말하지 않는다
다만 붉은 두 무릎만 조용히 저녁 강에 가 닿는다

게르에 돌아오는 시간

사막을 건너는 일은 언제나 두려웠다
사구를 넘으면 또다시 어제와 같은 언덕
길을 내려와야 했다

오래 걷는 일은
자꾸 비척대는 자신의 왼쪽 옆구리를 후려치는 일
두 개의 긴 속눈썹을 떼어버리고 모래바람을 맞는 일
나무의 아랫도리를 건너는 낙타의 내밀한 몸부림이다
이제 그만, 개미와 살림을 차리고 싶어졌다
여기까지일까?

마른 바람이 어둠을 타고 습기를 옮기는 밤
게르 속으로 떨어지는 젖은 모래를 눈물이라 부르자
그녀와 밀교 의식을 치르기에 딱 좋은 밤이다

지그시

눈 한번 감아 보는 거야

네 입술이 조금씩 주홍으로 가쁘고
훔친 봄밤이 속눈썹 위에 앉아 가늘게 떨고 있는 순간
지그시

인사도 없이 헤어진 만남들에게
뒷주머니에서 미처 꺼내지 못한 약속들에게
더는 가보지 못할 무지개 뜬 언덕 너머
서둘러 물들고 떨어지느라 바쁜 낙엽들에게
지그시

잘못 뱉은 말들이 도로에 낭자하게 피어날 때
돌아서서 안으로 큼큼
바람이 숨 가쁘게 구름버튼을 눌렀을 때
온통 젖어버린 공책처럼 슬픔의 뼈들이 삐뚤빼뚤 선명해질 때
지그시

다시 눈 뜰 수 없는 새끼를 내려놓으며
먼 길 떠나는 순록의 눈빛처럼
골목을 돌아나가는 방울뱀의 긴 꼬리 여운처럼
지그시

멀어지는 것들의 뒷모습을 천천히 거두는 거야
아무리 끼워 맞춰도 모자란 12월의 어깨를 감싸 보는 거야

당신의 강

우기를 건너려고 편두통을 턴다 일기예보는 날씨와 종종 다
투기 마련이라 오늘은 당신과 맞선처럼 만나야지 커피가 끓는
동안 하품을 해두어야지 단잠을 자기엔 그만이니까

젖기에는 우기만 한 게 없다고 늦게 핀 장미들 허공을 찢는다
실개천 개구리 웅덩이를 뛰어다닌다 재빠른 곰팡이꽃은 모른
척 하자 편한 건 게으름과 사이가 좋으므로 이만 원짜리 별사탕
수다를 아작아작 씹는 맛 명자꽃들만 아는 눈물이다 가끔 고개
숙여 눈 맞추면 꽃의 이름으로 말캉하게 웃는다

우산도 없이 불구하고의 옷소매에 매달려 국제시장을 보러
간다 당신의 강을 건너기에 안성맞춤인 계절에

바람 부는 날엔 빨간 악어를 만나러 간다

부천남부역 자유시장엔 빨간 원피스를 입은 악어가 산다

아홉 살 아이가 두리번두리번 뒤지던 골목 끝
막걸리 소주 안주일절 따위가 빨간 고딕체로 유리창에 박힌
대폿집 앞에선 아버지의 노랫소리 들린다

짧은 원피스의 언니가 빨간 손톱의 나이 든 악어가 나와
단숨에 긴 송곳니로 아이의 목을 물고 흔들던
휙! 바닥에 아이를 내던지고 늪의 문을 꽝! 닫던

선술집 반투명 유리창 안에선 작업복 차림의 아버지가
돌아가는 삼각지에서 길 잃은 아버지가 앉아 있다
바람은 차고 발목이 짧은 홑겹의 바지는 팔랑거린다

끊이지 않고 이 골목에 바람 부는 날
송곳니 자국 컥컥 숨을 막아서던 자유시장에 간다
남부역 빨간 악어와 맞짱 뜨러 간다
내 안이 어두워져 더는 어두워질 것 없어 목젖이 부풀면
돌아가는 삼각지 부르러 간다 막걸리 한잔 따르러 간다

능소화가 목을 부러뜨리는 것은

어머니

붉은 꽃들의 웃음 가득한 대낮이 무서워요 그래서 잠만 자요
햇볕은 오늘도 느티나무 이파리를 뜨겁게 하는데요 나는
아직도 속이 냉해요 그래서 늘 기억해요 익모초 환으로 차갑던
손발을 데워주시던 계절을

어머니

이곳은 고비사막처럼 건조해요 사막에도 붉은 가시꽃은
핀다지요 기미도 없는 비 소식에 몸에서 가시만 돋아요
어머니의 어머니가 품어 온 어디에도 없는 눈물 많은 꽃들의
이야기를 아직 다 읽지도 못했는걸요

어머니

능소화는 왜 도로까지 나와 목을 부러뜨리는 걸까요 바닥에
떨어진 수많은 꽃들로 꽃이 토해내는 분내로 왜 도시가 이토록
뜨거운 걸까요

소래습지에서

간수 빠진 슬픔 하나 있을 거라고 늦은 저녁 소금창고에
왔네 오래된 창고 하나 풍경에서 멀어지고 있네

어쩌면 다시 봄을 맞을 수 없을지도 몰라 해풍에 갉아 먹힌
등뼈는 속이 텅텅 비었잖아 하얗게 소금꽃 피워내던 날들은
잊어버려 혼곤히 별을 품고 잠든 함석지붕 아래 젖은 몸 말리던
기도는 사라진지 오래야 바람이 습지에 갇히면 마른 풀조차
허리를 꺾어, 납작 엎드려! 이 습한 나라에선 말없이 스러지는
일만이 유일한 소일거리야 문 걸고 갯골에 드나드는
여행자들의 이야기나 주워들을 일이야

소금창고의 소회를 듣네 저녁 어스름과 동행하는 내 그림자
위로 꽃처럼 사륵사륵 진눈깨비 내리네 하늘도 오늘은 바람에
베인 듯하네

11월

다시 새벽이 올 거라고 어둠 속에서 오랫동안 서성거렸다

골목 어귀로 늦은 가을비가 뛰어든다 아침이 젖은 발로 어슬
렁거린다
바람의 속도를 읽던 나뭇잎들 서둘러 둥지를 떠난다

어제의 너는 만질 수 없고 여기 나는 보이지 않는다

멀미나게 흔들려도 완강하게 너를 붙잡던 손이다
물 한 방울 내리지 않던 가뭄에도 흐릿해지는 눈빛을 끝끝내
놓지 않았다

그렇게 기다린 오늘이 비에 젖는다

눈치 빠른 고양이처럼 바람은 벌써 차다
낙엽에 점령당한 길이 지워지고 있다 당신의 부고장처럼

갑각류 저 여자

두 발로는 어지러워 어지러워 지네의 다리를 자꾸 만들었다
기어 다니기에 편했다 막혀버린 유선이 욱신대면 욕조에 따뜻한
햇살을 받는다 등짝에 붙어사는 물살무늬 조금 짜거나 가끔
따끔거린다 수증기를 안개로 감고 눕는 물속에서 모로
기울어진다 기울어진 반대쪽엔 건조주의보가 내리고 발아래
모래바람이 인다 사막의 일상은 낮과 밤의 기온 차를 견디며
딛고 일어서야 하는 발밑이다 갈라진 뒤꿈치는 갑각류가
되어간다 똑바로 설 수 없는 여자 중력을 이기지 못해 자주
물속에 든다 갑각류로 물속에 들 때마다 꼬리지느러미가
돈다 내륙으로 내륙으로 헤엄쳐 들어가면 바다를 품은
동굴이 발견될까 낮에는 동굴에서 나오지 않는다

파도가 쉬어가고 새의 기낭 속 욱신거림도 조용해지면
물 위에 살며시 갇힌 바다를 푸는 저 여자
어둠을 푼 욕조에서 물빛으로 일어선다

카프리에서 우린 얼마나 파래질 수 있을까

절벽에 길이 있었다
구불구불 바람만 가득한
보이지 않는 몸이 아주 긴 구렁이 같은

손을 담그면 손이
눈빛을 담그면 가슴이 먼저 파래지는
스치는 곳마다 물컹 묻어나는 바다 동굴에서
당신의 코끝은 하얀 집들처럼 또렷한데
우린 침묵으로 더 파래지는데

푸른 동굴에서 우린 얼마나 파래질 수 있을까

레몬 와인을 들고
마시지 말라는 명령에만 복종하는 절대성이 무슨
사람의 할 일이라고
과일의 불필요한 설익은 비린내를 말하지 말자
지금은 해가 지는 저녁이다

황제의 정원에서

바다를 나는 독수리를 상상해 보는 건 어때

불에 타 없어질지언정 이카로스의 날개를 원해보는 건

또 어때 지는 해를 모자에 담아보는 건

섬에서 우린 여행자 외엔 아무것도 아닐테니까

저기 떠 있는 두 개의 섬처럼

보이지 않는 아래는 분명 하나인

카프리에서 우린 얼마나 파래질 수 있을까

베네치아 나의 베네치아

곤돌라 안 사진을 찍는 이방인들 사이에서
물주름이 받아내는 햇볕들 사이에서
따개비들 모인 물 속 벽을 어루만지며
강물과 강물을 지나온 바람의 저녁을 생각한다
나무둥치 서넛씩 머리를 맞대고
창문 열고 담소를 나누는 연인들도
가까이 더 가까이 서로에게 다가서는 오후
빨간 식탁보를 펼치는 여인의 머릿결보다
깊은 침묵으로 눌린 표정에 주목한다
공중정원을 만든 집 쪽으로 시선을 보내며
물 위에 집을 지은 것이 아니라
집이 물에 잠겨 만들어진 풍경처럼
내 앞에 그림자를 드리운 당신과
때늦은 미소를 목덜미에 걸친 당신이
강물처럼 어느 광장에서 다시 만날 거라고
오랜 아주 오랜 기다림으로 만들어내는
싼타루치아!
깃털 가면을 쓰고 축제를 벌이는 여기에서

나비넥타이의 당신과 드레스를 걸친 내가
엉거주춤 이렇게 가깝고도 먼 아주 먼
이방인이 되어 서로에게 그림자를 드리운다

오르비에토

당신 아직도 거기 있나요?
부르면 골목 끝에서 환한 미소로 걸어 나올 듯한
관절을 출렁이며 코가 석자로 늘어난 피노키오 당신이
나랑 연애할래? 하고 물으면…!

다시 페스트가 번져
페스트처럼 무서운 사랑이 번져
버릴 것만 가진 가난한 나에게로 번져
사람으로부터 버려져 이 도시를 떠나야한다면
나 그곳으로 가겠네
얼룩무늬 고양이 같은 당신의 손을 이끌고
지하동굴 미로 속에 얇은 셔츠 하나 벗어놓고
끝없는 이야기를 생산하는 미궁 속에 갇히고 싶네

절벽 끝 모퉁이를 돌아
돌바닥을 걷고 걸어서
이 언덕 가장자리에 나를 쉬게 하겠네
골목 어디서도 내가 누구냐고 묻지 않고
무엇을 하느냐고 물을 필요도 없는,

상점 도자기에
당신의 길고 긴 약속들을 그려 넣고
하루에 하나씩 실천하는
앞치마에 젖은 아침을 담을 거야

작은 창문이 있는 집 쪽방이라도 좋은
뜬눈으로 하루쯤 밤을 지새우며
창가에 찾아오는 달빛에 눈 맞추고
오래 전 바닷가 텃밭에 파종한 우리 이야기를 열어보고

두오모 광장의 햇살과 종일토록 헤실 거리고 푼 곳
돌벽에 기대어 지나가는 여행객과
어슬렁거리는 고양이와
하루를 하품으로 지내도 좋을
피노키오 당신과 술래잡기를 해도 좋을
내가 누군지는 아무렇지도 않을

아르바트 거리에 비는 내리고

먼 타국의 땅 모스크바
아르바트 거리에 비가 내린다
혁명의 노래는 벽에 걸려 나부끼는데
고려인 3세 빅토르 초이는 슬픈 자유에 젖고 있다
삶이 그대를 속일지라도 슬퍼하거나 노여워하지 말라 했던가
푸쉬킨은 아내의 손을 잡았던가 아니던가*
그와 그녀 사이엔 무엇이 있었나
노여워 말라던 시인은 이 거리를 걸었을 게다
사람들의 수군거림에 결투를 신청하던 사이
시인의 가슴엔 붉은 비가 내리고,
타인들은 또 다른 타인들 사이에서
동상에 손을 얹고 찰칵!
사랑이여 이루어져라

아르바트 거리에 비는 내리고
나를 통과하는 바람, 비 그 무엇
이 길이 끝나지 않았으면 좋겠어요 하던 당신의 젖은 목소리
푸쉬킨의 코트 자락 끝에서 펄럭인다

* 푸쉬킨과 아내의 동상은 서로 손을 잡은 듯 보이나 실은 사이가 떨어져 있다.

제 **2** 부

목련정거장

잠자리

공원을 휘저으며

호수를 가로지르며

두 눈 질끈 감아버린다

내 안에서 내가 기울어진다

하늘을 휘젓는

얇은 선 하나 그어

너는 절망이 된다

겨울 산수유

계절을 견뎌 온 것들의 색은 짙거나 붉다

너의 어법으로 나를 읽은 직후부터다
무언가 부풀기 시작할 때 꿈틀거렸던 것
온통 초록물 들 때 아니라고아니라고 바둥거렸던 것
태양 아래 오도카니 서서 짓무르던 겨드랑이를 숨겼던 것
참새들 시끄럽게 가지를 흔들어도 발아래 슬며시 마음 내밀던 것
곁을 떠나며 남긴 화려한 인사말에도 조용히 미소 짓던 것

모두,
저 붉은 등불 탓이다
팔베개 해주며 파르르 떨리던 너의 목젖 같은
앞으로 앞으로만 내달리던 더운 시간의 럭비공 같은
사원 앞에 작은 돌 하나 얹으며 합장하는 기도 같은

흰 눈이 내 뜨겁던 상처 위에 내려 쌓인다

천천히 얼었다 풀리다 보면 저절로 떨어져 내릴

저 붉은 상처는 열매가 아니라 꽃이다 꽃

삭제 버튼을 차마 누르지 못한 어제의 일기 같은

이제, 버려도 좋을

거리에서 줄행랑친 네가
다시 와 그날을 소명하고 싶다 했을 때

낄낄거리던 어둠이 달려와
일기장 구석에서 상처가 된 어제를 찢었다
나뒹구는 농담까지 내다버렸다

순간의 일로 모든 것을 잃어버리는 것 같아
유감이라 했을 때

동백꽃들 툭 툭 남모르게 꺾었던 희고 붉은 모가지들,
기다리다 얼어붙은 발이라고
미처 돌보지 못한 겨울이 갈라지고 터졌다

저녁 가로등처럼 곁에 선 불빛들
사람의 온도가 얼마까지 높을 수 있는지
또 얼마까지 추울 수 있는지
가늠할 수 있는 건 계절이 바뀐다는 것뿐

담장을 넘는 안개는 슬쩍슬쩍 발 없는 비린내로 걸었다

두 계절의 공존은 순간이다
네가 열한 번째 또 창문 밖을 서성거려도
강물에 힘껏 던져버린 반지처럼 이제, 버려도 좋을 시간

메밀꽃 일다*

메밀밭에 들면 숨겨둔 꽃멀미 인다
화르르 다가와 발끝에 엎드리는 하얀 포말
메밀꽃 핀다

서쪽 해안가 마을에서 보았다
소나무의 굽은 등을 어루만지는 노을빛을
어둠이 해안가를 적시고 있다
뜨겁던 바위가 젖고
파도에 휩쓸리던 모래알이 젖고
내 좁은 방 창문도 천천히 젖고 있었다
바다가 그을린 숨소리로 잠을 청하면
생각이 문을 열고 밤새 걸었다
아침이면 이슬비에 옷이 젖었다
앞서거니 뒤서거니의 해와 달은 구름을 데리고 호숫가로 갔다
건너지 못하는 신호등 앞, 나는 그만 빨갛게 발목이 다 젖었다

바람이 언덕을 넘어온다
들풀을 적시고 이름 모를 꽃들을 적시고 붉은 땅을 적시며 온다

온통 젖는 것뿐이던 알 수 없는 꽃멀미 일던

시월이었다

* 파도가 물보라를 뿌리며 하얀 거품이 일어나는 것을 일러 어부들이 하는 말

나랑 연애할래?

'새마을운동' 선술집에 시인들이 모였다 가닥가닥 몸을 푼 말[言]들이 춤을 춘다 얼음 양동이에 담긴 맥주 거품을 토해내며 벽을 허문다

너 나랑 연애할래? 각혈하듯 쏟아진 말 손수건에 받쳐 들면 쿨럭이는 어깨를 가만히 감싸 안을 것이다 찬바람 이는 가슴에 색색의 양귀비꽃 한 아름 꽂을 것이다 낮달처럼 희고 서늘한 이마를 건너 겨울 나목처럼 떨리는 속눈썹에 입 맞출 것이다 또르르 눈물이 셔츠를 적시면 강물 아래를 걷는 네 발소리에 귀 기울일 것이다

나랑 연애할래, 살아 퍼덕이는 뭍에 오른 비린내의 몸짓이다 방금 허물 벗은 유혈목이와 마주치면 희디흰 맨발을 하고 이슬 가득한 아침 숲으로 쫓아가면 안 될까

긴꼬리제비나비

검은 벨벳 연미복에 빨대를 돌돌 말아 들고 꼼짝도 못해요
어디를 다녀왔냐는 눈빛은 말아요 찢겨나간 절반의 꼬리를
모른척하세요

떠돌던 먼지조차 붉게 내려앉는 강가, 하나 둘 모두 떠나간
자리 기우뚱 키 작은 여뀌의 발목을 부여잡고 온몸으로
부릅니다 '아니요 난 아무것도 후회하지 않아요'* 산초나무에
매달려 등껍질 벗던 날 보았지요 초록위에 그려지던 꽃들을,
그대 손잡고 자귀나무 꽃침대 위의 그 아슬아슬한 비행은 또
어떻고요 범나리에 몸 욱여넣고 꿀 빨던 날 주홍 가루분
묻히고도 부끄러운 줄 모르던 그날, 엉겅퀴에 앉았다가 그만
날개에 박힌 초승달을 잃어버리고 말았지요 아, 에디뜨피아프의
마지막 노래가 흘러요 저기 부들레아 꽃잎 위를 옮겨 다니는
내가 보여요

흙으로 돌아온 자리, 들판은 다시 피려고 지는 꽃들로 가득
한 저녁입니다

* 에디뜨피아프의 노래 'non, je ne regrette'

인디언의 11월

돌아선 등 뒤에서 흔들리다, 흔들리다
그대 앞에 무릎 꿇던 밤
아이를 낳고 싶은 손을 뿌리치고
골목을 걸어 나간 얼어붙은 발자국들
아침 햇살에 이슬방울로 반짝 부서진다
호랑이를 낳고 싶은 고양이
오르기엔 너무 높은 나무
담장 밑 토사물엔 알몸의 영수증이 나부낀다
일기장을 나온 새들 모두 숲으로 떠난다
어둠을 걷는다
소금꽃을 먹고 자란 속눈썹
햇살과 마주서지 못한다
날 세운 발톱으로 어둠 하나 긁는다
내일을 부르지 못한다
사선으로 뻗치던 울음소리 메아리를 부르면
둥글게 거두어가던 바람
겨울은 저만치서 신발을 신고
나는 몇 가닥 낙엽으로 지은 외투를 입고

단 한 발도 내디딜 수 없는 난간에 선다
허공을 차고 오르고 싶은 고양이
수도꼭지를 튼다

101호 그녀

—경칩

날개를 움쩍거릴 때 그녀는 조금씩 틀에서 멀어졌다 방 귀퉁이 거미줄이 출렁거렸다 기다리지 않아도 오는 아침과 저녁 사이는 어둠이다 환한 어둠 위에서 춤을 춘다

가쁜 호흡으로 허공을 읽는 날개, 서역의 바람을 불러들였다 모래와 소금바람이 뒤엉켜 산맥을 넘고 수시로 방향을 틀었다 급경사의 아찔한 속도를 즐겼다

여름 동안 문틀엔 햇살의 시체가 즐비했고 장마전선은 마른 장마를 보내왔다 아무도 젖지 않았고 누구의 발도 묶이지 않았다 툭! 발아래 어둑해진 가을이 떨어졌다

겨드랑이가 고요를 포갠다 부스스 낯선 바람이 쏟아진다 전갈 꼬리에 저녁이 찔린다 파상풍을 덮고 잠든 그녀, 손잡이가 없는 문을 자꾸 열고 있다 열리는 건 어둠뿐인 그녀의 꿈속을 비추는 흐린 달빛

모른다고 하고 싶었다

푸른 뱀이 등나무 살갗을 뚫고 나온다 벤치 위로 일렁이는 열 폭 그늘을 펼쳐놓는다 물빛 전등을 매달고 손짓한다

어린 허공을 받아 출산한 언어는 나무 아래 주렁주렁 익어 가는데, 한발 앞서던 너의 기도는 빈 꽃대 같은 약속이었나

몰랐다 밤마다 생쥐가 둥근 달을 갉아먹는 동안 어둠은 왜 환해져만 갔는지 사라진 뱀의 발자국을 따라가면 정원엔 내가 모르는 무지개가 떠올랐는지

몰랐다 모른다고 하고 싶었다 정원에 걸어 둔 풍경은 바람도 없는데 몸을 부딪쳐 꼭 다문 멍울을 터트린다

달빛이 서쪽으로 떠날 때, 벌들은 눈물로 만든 꿀을 퍼 나르고 나무를 빠져나온 등꽃 하나, 꺾인 바람을 잡아끈다

흐린 날의 우화

하얗게 발을 씻고 나와
회양목에 벗어 놓은 갈색 투명한 옷 한 벌
배후를 열어 속 다 빼준 빈 몸만 남겨두었다
어둠 속 초점을 맞추던 두 눈 볼록하게 반짝여본다
허공을 잡아보겠다고
꼬깃꼬깃 접어 둔 몸살을 흔들어본다

껍질을 벗는 일의 마지막은 꽁무니를 빼는 것
놓치지 않으려고 두 손 꼭 움켜쥘수록
순식간에 빠져나가는 몸통
마르기를 기다려
쫙- 펼쳐보는 날개 속으로
가로수 잎새 그림자 손을 뻗는다
바람에 날개가 흔들린다 흔들리는 손 그림자
들썩, 온기 머물렀던 자리 훌훌 턴다
포르르, 느티나무 행성으로 내가 날았다

그림자 같은 허물 하나
키 작은 나무 위에 걸어놓았다

목련정거장

가지 끝에 하얗게

나무 아래

무수히 떨어진 귀

수북한 털북숭이의 그가

북극바람을 데리고 다니던 그가

열두 가지 얼굴을 가진

휘둥그런 눈동자의 그가

제 귀를 잘라

봄의 언어를 낳은 사막여우가

뽀얀 신발을 신고 떠나네

사그락사그락 모래바람을 거르네

빗방울이 전갈자리를 흉내 낼 때

버스정류장에 낱장으로 붙어 있는 겨울이 젖는다
이슬비에 주저앉는 취기를 털어 그를 버스에 밀어넣는다
창문 밖으로 내민 손은 안개꽃처럼 흔들린다

격자무늬 사케집 창가에 앉아 그는 파리처럼 두 손을 부볐다
자작곡 CD를 팔러 다니던 무명가수는 더 이상 보이지 않았다
아르바이트 여대생의 가느다란 손목을 잡고 겨울이냐고
아직도 겨울이냐고 물었다
산벚나무 꽃눈이 피기 전에 길을 떠나야한다고
내게 춘천행 열차표 두 개를 내어달라고 졸랐다
빗방울이 전갈자리를 흉내 낼 때
가물대는 수은등 아래 바짝 꼬리를 치켜든 나는
갑각류의 표피처럼 아무것도 품지 못했다

하찮은 말투에 넘어져 가랑비에도 속곳이 젖는다
꽃비늘로 장식된 거리를 미리 탈탈 털어보는 저녁
차곡차곡 다시 안으로 투신하는 몽상의 꼬리들

비문증

깊은 응시 속을 걸을 때 너는 검은 날갯짓으로 다가온다 마치 어둠에 부딪혀 상처인 줄 모르는 날아오를 수 없는 무늬를 가진 날개처럼

제목과 본문, 문장과 문장 사이 비문秘文은 살아있었다 좁은 길목에 고이 접어둔 무늬 아무리 시선을 멀리 두어도 너는 눈앞을 막아섰다 몇 겹의 은유를 걸치고도 작은 등짝 숨을 곳 찾지 못했던 계절, 어른이 되어서도 숨길 수 없었다 멀미 속에서 달아나도 콧등에 새겨진 비문鼻紋으로 너를 알아볼 수 있었다 오래오래 그 동심원에 갇혀 흐르다가 이젠 지울 수 없는 친구가 되어버린 문장, 계절은 생각보다 늘 앞서갔다 다시 커다란 동공을 굴려 상처를 확장시킨다

달빛이 되지 못해 아른거리는 비문鼻紋, 저녁 강가에서 젖은 날개를 턴다

가릉빈가

내가 신전에 엎드렸나니
바람의 머리칼을 쓰다듬어 주어라
너의 손길 없이는 향기를 자아내지 못한다
사람들의 깔깔거림 등 뒤로 날아가고
이미 갈 곳이 없었다
연금술사여
비밀을 알고 싶어요
눈을 감아야 금을 제조할 수 있었다
햇살이 아주 낮았다
책상다리를 하고
비문 속에 자라는 물의 주문들이
딱딱한 암석을 원소의 상태로 분리 중이었다
공기가 소용돌이를 형성하자
시야가 흐려졌다
궁륭을 날아올랐다
여긴 전생의 어디쯤일까
어둠은 그림자를 지우고 있었다
움직이지 말아요

천상의 목소리를 들으세요

대지의 신열을 믿으세요

조금 있으면 어지러울 겁니다

지금은 연금 중입니다

고요에 대한 예의

혼자 출근한 휴일

화장실 앞에서
똑!똑!

문을 열자
화들짝
고요의 진지 앞에

불순물을 버리고
폭포 같은 그리움도 함께 버리고

돌아서서
가슴 위에 공손한 두 손

뜨거움 빠져나가 텅 빈 진저리에
미안하다 미안하다고

제 **3** 부

고양이의 곡선

이젠, 안녕

이젠 안녕, 털 없는 짐승에 관한 말이 말풍선으로 떠올라 내 발등을 찍어요 풍선이 터질 때마다 거짓말처럼 그리마가 쏟아져요 꿈틀대며 일어서는 겨울 외투의 기억, 문 열면 우수수 떨어져 나뒹구는 믿음은 등 뒤로 상처의 꽃을 감추죠 아련한 눈빛이 북풍 화살을 외면하고 아침에 하는 안녕 대신 저녁의 어법으로 말합니다 이젠 안녕, 한낮의 무더위가 눈물의 순도를 물을 때 얼마나 가겠냐 하던 깃털 달린 말을 끝내 어둠속에 꽃으로 던집니다

벚꽃은 나무에서 피어 공중에서 한 번 바닥에서 또 한 번 그리고 꽃을 완강하게 잡아주던 꽃받침이 마지막 꽃의 이름으로 집니다 이젠 안녕, 지는 꽃들에 대하여 꽃들의 안녕에 대하여

고양이의 곡선

아무래도 네겐 먼 데 이야기일 테지

배고픔 따위는 식상해
반갑다고 달려가 주인의 발 아래 넙죽 엎드리는
팔에 안겨 손을 핥는 그런 일도 없는
작은 소리에도 컹컹 구분 짓는 일은 더더구나 없는

외로움 같은 건 집어치워
내 긴 꼬리를 휘청 들어 올려 담장을 걷곤 하지
햇볕을 즐기기에 적당히 좁고 아슬아슬한 길
쭈뼛, 온몸의 잔털까지 바짝 곧추서는 삶에 익숙해지는 일
앞발을 잔뜩 웅크리고도
빳빳이 고개 들어 먼 데 소리에 귀 기울일 뿐

이런 내가 배를 보이며 아주 가끔 눕는다는 건

너와 다른 점이지

주위가 정돈되고 뜨거운 말이 휴식에 들기를 기다려

피는 꽃의 향기를 맡으러 가지

꼬리를 어슬렁거리며

창밖으로 상동역이 지나가고 있다

잠깐 졸다 지나쳤다
밤 12시 18분

반대편에서 15분을 기다린다
한참을 기다리고 더 기다려야하는 시간

첫차 도봉산행 05 : 34분
막차 온수행   00 : 33분

이번열차 : 온수행 5분후 도착 예정
다음열차 : 열차 없음

승강장에 계신 손님은 모두 승차해주시기 바랍니다
이번 열차는 오늘 마지막 열차입니다

텅 빈 플랫폼으로
바짝바짝 기다림을 태우고 열차가 온다

한 정거장을 되돌아가는데
아이 낳고 깜빡 졸은 봄날 같은데
창밖으로 뭉텅 목련이 지고
장맛비 내리고 말간 은행잎이 지고 있었다

문상問喪

피곤을 등지고 문상을 갑니다
망자에게 절하고 상주에게 절합니다
먹은 저녁을 또 먹으며
어찌 지냈냐고 살이 빠져 보인다고
어쩜 그리 상복도 잘 어울리냐고
한마디 건넵니다
상복 한 벌 해 입어야겠다고 받아치는 친구 곁에서
아무렇지 않게 우린 또 까르르 웃습니다

변명辨明

　어둠이 다시 제 어둠을 파먹는 지하방, 침대는 다리를 절룩이며 통증을 쏟아낸다 여자는 갈색 머리칼을 빗으며 괜찮아 괜찮아 착한 인형처럼 미소를 짓는다 창문도 없는 액자에선 동쪽으로 노을이 지고 모조품 해바라기 꽃을 피운다 인공조명을 통과한 굴절된 언어가 쏟아진다

　창백한 피부를 사랑해요 미세한 흰빛의 꿈틀거림을 알게 되었어요 새싹을 틔운 식물들 지상으로 이주 준비를 마쳤어요 햇볕을 마중할 땐 썬크림이 필요해요 공원엔 비둘기들 천국이라죠 매일 먹이를 줄 거예요 당연하게 배설물도 치울 거예요 지금 좁은 창문을 빠져 나가려해요 반쯤 걸린 마음이 국경을 통과하지 못했어요 근육단련이 필요해요 기다려요 러닝머신이 도착한다고 택배문자가 왔어요

진주 가는 길

하느님을뵈줘야믿거따카니예수님을내려보낸기라**맞다**십자가
에못박힌기라**그래맞다**딸아가출발했냐전화가불나도록물어싸코
그래요리가면산청이고조리가면진주고**그래맞나**대기업사위는또
어떻고**오매**손주녀석유치원서금상을타왔다던가**오매좋네…**

부천에서 탄 시외버스 안
뒷자리 두 할머니의 수다가
진눈깨비처럼 눈앞을 막아서는 100데시벨
창문 밖을 나갔다 들어왔다 뛰쳐나가는
볶는 콩처럼 방향 없는 나의 발이 버스 안을 통통거리고

옥산휴게소에 들렀는데
운전기사의 동동거리는 10분을 졸여놓은 앞자리 할머니
슬그머니 휴대폰 속 목탁소리 베개 삼아
반야심경 속으로 빨려가는 50데시벨
어떤 간절함이 휴대폰을 하해의 한가운데 냅다 던지고

불경과 수다경의 작두날을 날아다니다 떨어지고 떨어지고

엉덩이가 꼴좋게 바라보며 웃다가 들썩, 몸을 튼다

마하반야바라밀다심경관자재보살행심반야바라밀다시조견오
온개공도일체고액사리자색불이공공불이색색즉시공공즉시색수
상행식역부여시사리자시제법공상불생불멸불구부정부증불감…
아제아제바라아제바라승아제모지사바하

장맛!

일광교회 동부지구 구역 장님

마을지킴이 부녀회 장님

어머니 노래교실반 장님

시골초등학교 동창회 장님

아들 학교 어머니회 장님

노인정 봉사회 장님

장님 노릇이라면 눈감고도 척척인 동대표인 그녀가

아파트 입주자대표회의 첫날

총무 장부에서 드러난 영수증 없는 지출에 대해

얼굴 붉도록 핏대 세워 설레발치고 돌아가는 여자를 향해

어디가나 저런 사람 꼭 있지 쯧쯧! 니가 장맛을 알아?

장맛은 입맛이 아니라 손맛인 게야

여기저기 찔러 보지 않아도 단박에 알아차리는

항아리 장맛은 몰라도 사람 장맛은 아는 감칠맛 나는

잼잼

그녀는 형편을 고려하는 듯 보였다
재고 또 재고

잼잼
손을 폈다 쥐었다
쥐었다 편다

잼잼
마음을 쥐었다 펴고
폈다가 쥔다

가위 바위 보!
습관처럼 주먹만 내는
끝끝내 제 몸 한 번 활짝 펼치지 못하는
주먹을 더 꽉 움켜쥔다

잼잼 놀이를 끝내지 못한 그녀를
커다란 보자기로 보쌈해가는 사내

그녀는 보자기에 포함되기만을 원했다

가위 바위 보

잼잼

할미꽃밥집

할미는 넓은 땅 마다하고
절벽 바위틈에 밥집을 차렸다

오종종 식솔들과 모여앉아
잘 익은 햇살을 씻어 안치고
동강 물소리 떠다 고슬한 밥을 짓는다

겨울에 돌아가신 할미 이불에 두발 꼭 묻고
노란 꽃술 벙글면 몸을 찢으며 청보라빛 꽃이 핀다

벼랑을 등에 지고 살아가는 바람들
다치고 찢겨 너덜대는 허기진 날개들
부딪쳐 떨어지지 말라고
떨어져도 박차고 날아오르라고
할미는 꽃밥을 고봉으로 차려놓았다

수묵화

다시 미술관 외벽을 기어오른다
한 발 한 발 미지의 길을 낼 때마다
바람이 발목을 잡아끌지만
나는 모질게 뿌리치며 순을 틔운다

서로의 뼈를 부딪치고, 마침내 넘쳐
한 점 먹먹하게 젖어보는 시간
다시 촉수를 보듬어 벽을 타고 오른다
그때마다 무릎 깊은 곳에서 흘러나오는 물길
찍고 또 찍어내야만 마르는 길
휘청, 허리를 꺾는 바람이 일어선다

비틀려 시큰대는 관절을 햇살에 널어 말린다
농담이 깊어 가면 갈수록
내려다보면 아찔한 수직의 세상이다
가까스로 벽을 잡고 수평으로 선다

저만치서 겨울이 오고 있다

허름한 골목

고양이 울음이 어둠을 적시는 저녁이다
텅 빈 나를 발목부터 짜내 접는다
덜거덕 어긋난 뼈 부딪는 소리
오래된 골목을 흔들고 있다

파리한 늑골에
너의 그림자가 부딪친다
가로수에 걸린 별들로
모래알 같은 눈이 내리고
결빙의 밤을 건너는 나귀 한 마리
어둠을 가르는
저기 저 방울소리

찢어진 외투의 주머니로 빠져 나가는
계절은
이제 막 대설을 지나는데
꼬깃꼬깃 나를 접어 집으로 간다

소설 무렵

새벽 3시, 도시는 하얀 바다에 갇힌다 발목부터 무릎까지 허리에서 사막까지 순식간에 달려드는 저 미친 춤사위, 머리칼 풀어헤치고 절벽을 지운다 아득히 날아오른다 온몸이 날개인 유령이다 숨이 턱턱 차오른다 모두가 하얗게 잠든, 내 눈이 흐려지는 안개

오늘도 남자의 귀가는 새벽이다 여자는 화분에 물주는 걸 잊었다 수국 잎사귀가 마르고 행운목 물관까지 마른다 그런데도 꽃은 저 혼자 피고 졌다 아무도 문을 열어놓지 않는다 해일이 몰려왔다 북쪽 창문을 닫는다 나는 수몰지구를 떠도는 한 장 낙엽이다

사람의 마을엔 고양이 울음이 어둠을 물고 온다 자정 지나 유리구두를 잃어버린 소녀 붉은 네온사인 근처를 떠다닌다 바람도 그녀의 나이를 묻지 않는다 컵라면의 얇은 면발을 당기는 동안 기다리지 않아도 아침이 온다 우수수 화살나무 잎사귀들 붉은 별을 뱉는다 곧, 눈이 올 것이다

별을 달다

팔이 갑자기 무거워진다

별을 단 팔은 팽팽해진다

팔에 흐르던 뜨거운 피가 걸음을 재촉하여 대장간으로 향한다

타오르는 화로에 가위가 달구어지고

담금질이 끝난 칼은 소리를 다듬는다

섣부른 혈기로 다가선다

칼을 잡자 칼이 되어버린 팔이다

팔이 대장간을 나오자

길은 제 몸을 터준다

탄탄한 팔은 전후좌우로 흔들릴 뿐 원이 되진 못한다

바람을 타자 별에 달린 날개가 펴지고

날개는 깃털 사이사이 수많은 톱니바퀴를 숨겼다

펄럭일 때마다 맞물려 짓눌린 생명

무릎을 일으킨다

별이 다가와 무릎을 덮는다

들숨은 톱니바퀴 밑에 묻히고

날숨을 잃은 무덤이 곳곳에 생겨났다

일어서기를 거듭하는 그림자가 비명을 질렀다

소리는 날개가 되지 못했고
날개는 소리를 품지 못했다
깃털 속 하늘을 잃은 플라스틱별이 진다
유성이 꼬리를 그으며 떨어진다
떨어지는 그 힘으로 일어서는 소리

슬픈 카멜레온

공기의 흔들림을 밟는다
그대 사정거리까지 슬금슬금 다가간다
주변과 동화된 외투는 목표물의 경계를 늦추게 하지만
몸보다 긴 혀를 감추고 확보하는 안전거리
재빠른 공격만이 그녀의 식욕을 채워줄 뿐이다
얼굴 전부를 삼킨 입
단련된 작두처럼 사정없이 동강 내는 턱관절
둥글고 끈적거리는 혀는 부드러움으로 그대를 낚아챈다
절대 놓치지 않으려고
길게 혀를 뽑아낼 때마다
나무둥치를 꽉 움켜쥔 파르르 떨리는 발가락
그녀의 강綱과 목目은 물갈퀴가 더 필요했나보다
두터운 울음 수시로 갈아입고 헤엄치는
태생적 결핍이 웅크린 몸의 긴장을 화살처럼 날린다
그때마다 명중되는 먹이는 늘 블랙아웃이다
날 울음 배인 외투의 크고 작은 돌기가
제 무게에 눌린 옷을 갈아입을 때,
한입에 포획된 메뚜기의 푸른 비명도

푸득거릴 시간조차 허락되지 않는 밀림 속에서
일상의 두터운 외투를 벗기 전
경극의 낯선 얼굴로 또다시 설레는 그녀의 눈빛
그것은, 새로운 그대가 등장했다는 황색경보다

나는 오늘 라스베이거스로 간다

백화점에 니콜라스케이지가 걸려있다
그를 데리고 라스베이거스로 흘러든다
맥주 거품 쏟아 붓는 뒷골목
하이힐과 구둣발 소리 빠르게 뒤엉키는
고려호텔 엘이디 간판이 어서와 어서 오라고 손짓한다
뚝뚝 빗방울이 알몸을 적신다 후줄근해지는 전단지
빗줄기 속으로 모두 흰 발목을 감추고 있다
푸른곰팡이 버짐으로 피어나는
섬으로 떠다니는 당신 뒤의 나
더욱 캄캄한 불빛을 더듬적거린다
썰물이 한 겹 한 겹 옷을 벗을 때
깨어진 무릎에선 피지 못한 장미송이 떨어진다

수족관 풍천장어의 옆구리 저 붉은 상처
장맛비에 탈출을 꿈꾸었던 흔적이다
멀리 엘지24시 편의점 불빛이 등대로 찰랑댄다
여기는 시간 밖의 시간만이 숨 쉬는 곳
길은 발 디딘 곳부터 허물어져 절벽을 만들고 있다

돌아가기엔 너무 늦은,
빗줄기가 가로등 그림자를 쓰러뜨린다
사내를 바꿨는데도 몸은 자꾸 누렇게 젖는다
무엇을 기다리는지 알 수 없는
나는 어디로 가야하나
바퀴에 짓눌린 여름이 오래도록 운다

제 **4** 부

어머니의 사춘기

이사

그늘진 땅에 비가 내린다
호박꽃 그 여자
가슴 가득 빗물을 담고도 젖을 수 없어
손 내밀어 빗줄기 하나 잡아챈다
필사적으로
빗속을 헤쳐 가는 그녀
제 속을 텅텅 털어내며 웃는다
사내에게서 이사 가지 않으려고

달광을 낼까

오류2동 노인정
엄마는 십 원짜리 화투를 친다
오늘도 뒷손이 맞지 않는다고 궁시렁 궁시렁
앞자락의 쌈짓돈을 다 내주어도
빈 쌀독엔 쌀벌레가 살지 않는다
뒷손 맞는 방법이라고 실없는 사설을 꿰어놓지만
끗발조차 유전하는지
나에게도 앗싸~ 한 방은 없다
종일토록 거두어야 삼백 원 남짓
십 원짜리 동전으로 시장바닥 휘돌다 온
어찌 하나같이 누렇게 뜬 낯짝인 것을
요사인 그 낯짝도 깃털처럼 무겁단다
국수 한 그릇으로 때우는 하루
멀건 멸치국물이 뼛속을 데우는 동안
잠시 아랫목처럼 뜨끈해진다
굽은 허리가 술술 목을 타고 넘어간다
국수 가락 뚝뚝 틀니에 잘리며
삼 사 오번 요추가 꼿꼿이 서라고 소리를 낸다

그래서 엄마는 늘 산허리가 그립다
이번 판은 거금 팔십 원이 걸렸다

달광을 내야하나, 말아야하나

늦은 봄날

평생을 팔아 챙긴 그녀의 손수레
골목 끝, 민들레 우산 아래 잠시 정차한다

단촐한 살림살이는 주인을 닮았다
나무판자 덧댄 바람벽에서
한숨처럼 새어나오는 무릎통증
약품 냄새 가득한 골목이 기우뚱하다

재활용센터를 지나고 금박공장 내부까지
두리번두리번 빈 박스 두어 장
깡통 두 개 부대 자루 서너 개
식은땀이 수레를 끌고간다

아니다
만지면 부서질 듯
마른 안개꽃 같은 그녀는 끌려간다
그녀를 끌고 가는 건
오랜 과적에 무늬를 잃어버린 푸석한 수레바퀴다

민들레 씀바귀 흐드러진 봄날

은빛 꽃다발의 생이 반짝, 햇살에 수거된다

망초나물

엄마는 망할 담배나물이라고 불렀다

나를 갖기 전 한약방에서 수은을 담배처럼 말아 피웠다
삐쩍삐쩍 마르면서도 열 대를 다 피웠다
켁켁 목이 쉬고 잇몸이 부풀어 들썩거렸다
자궁이 꽃처럼 안개로 가득할 때 하혈을 했다
엄마는 그 후로 그곳에 나를 키웠다

사월이면 어질병을 앓는다
내가 꽃이기 전부터 흔들리던 그때처럼

입안에 하얀 망초꽃 피울 때
쌉싸름한 나물을 엄마는 왜 맛없어 맛없어 하였는지
망초나물 한 입 넣어드리고야 알았다
묵정밭에 안개처럼 피어나는 어머니의 망초亡草 이야기
가끔 태우던 담배가 그 때 배운 쓰디쓴 외로움이란 것을

서너 달씩 집을 비우는 아버지를

계절이 바뀌어야 돌아오는 아버지를
기다리다 가끔 울렁증에 피워 물던 담배
담배 소리만 들어도 망할! 하시던 그 망할

엄마의 담배나물에선 아직도 흔들리던 그날이 있다

어머니의 사춘기

언제 개학하니? 물으면 잘 몰라요
언제 졸업하니? 물어도 잘 몰라요
어릴 적 내가 하던 대답을
구순이 다된 어머니가 지금 합니다

찾아갈 때마다 묻는
엄마 냉장고에 넣어놓은 쇠고기 장조림 다 드셨어요? 모르겠다
고사리나물 냄새나는데 언제 한 거예요? 잘 모르겠다
전에 용돈 드린 것 다 쓰셨어요? 잘 모르겠어
얘야, 모르겠다 기억나지 않아
잘 모르겠다는 말은 대답하기 싫다는 말
자꾸 묻지 말라는 말일 겁니다

어머니가 묻는 말은 모두 몰라야 했던 나의 사춘기처럼
당신이 통과하는 잘 모르겠다는 구간을 무어라 명명할까요

기억하기 벅찬 일들 숨차게 지나온 지금
모르겠다 모르겠다만 반복합니다

당신의 꽃분홍 복사꽃 피던 봄날엔
산 넘어오던 아버지의 눈길을 느끼며 밭을 매었다지요
도톰한 당신의 발목이 뽀얗고 예쁘다고 하였다지요
그런 봄날이 그리워 내게 자꾸 딴청 피우는 거지요
벽에 걸린 아버지의 헛기침 소리만 들려 자꾸 올려다보는 거지요

어흥, 쿵쿵

아버지는 방앗간집 창고지기였다 허공을 떠도는 먼지에 자주 헛기침을 했다 허리 구부러진 저녁을 끌고 온 대문 앞, 큼큼거리며 뿌연 통증을 털어낸다 쌀겨 투성이 잠바에서 화르르~ 나비 떼가 날아오른다 겨드랑이에서 윤슬 같은 물비늘이 떨어진다

어흠 큼큼 소리에 화들짝 뛰어나가면 옛 다아~ 비닐봉지 속 빨간 땡땡이 원피스를 내민다 큼! 큼! 종일토록 자란 까끌까끌한 수염만 문지른다 턱 들고 먼 하늘만 바라본다 먼지를 털어낼 때도, 멋쩍을 때도 호랑이띠라서 호랑이처럼 언제나 쿵쿵 거리던 아버지

기제사에 향불 켜는 오늘따라 더욱 환하게 듣고 싶은 어흥, 쿵쿵!

마른꽃

조금씩 미이라가 되어간다
윗목에서 삼 년째 자신을 건조 중이다
사내는 건축업을 하던 목수였다
바람으로 떠돌던 사내 가는 곳마다 달맞이꽃을 심었다
설계도면이 완성되면
꽃본으로 핀 수첩을 꺼내
벽에 무궁화를 그려 넣고 마당에 나팔꽃을 심었다
습관처럼 사내는 천장에 집을 짓는다
벽에 꽃무늬를 새기고 꽃이 필거라고
아침마다 여자 귀에 소곤댄다
여자는 그럴 때마다 딸기를 사다 입에 넣어주곤 한다
얼굴에 빗금 진 하얀 웃음이 피어난다
벽에 그리기를 멈추자 사내의 꼬리뼈에
목단 꽃이 뭉개져 피어나고
날마다 이부자리에는 꽃물이 번진다
꽃으로 피어 꽃 속에 살았던 사내
몸으로 피워내는 꽃은 견디기 어려웠다
마르기를 각오한 날 여자를 불렀다
나 피고 싶어

포도 익히는 남자

　섬유종을 앓고 있는 사내, 목덜미에 주렁주렁 포도송이
매달고 있다 수십 년째 시들지 않고 단물만 뚝뚝 흘리는 포도,
처음엔 밑뿌리를 칼로 도려내었다 실로 꽁꽁 묶어보았다
그럴수록 포도는 질기게 자랐다

　그때부터 사내는 세상의 눈을 감았다 귀를 막았다 사내가 할
수 있는 일이란 땅을 파는 일 부러진 삽날을 땅에 묻는 일

　거미도 풀벌레도 잠드는 밤, 창 없는 방에서 사내의 잠이
구부러진다 햇볕과 겨루던 등짝의 한낮을 어둠 속에 꾹꾹
눌러 놓는다 한 번도 바로 눕지 못하던 바닥 그곳에서 삼십
년째 뒹굴뒹굴 포도만 익히고 있다

　흔들어도 흔들어도 떨어지지 않는 포도알 검붉은 혈관이
터질 때마다 이마에서 뚝뚝 떨어지는 향기로운 수액, 오늘이
익는다

달비계*를 타는 저녁

꽃무늬 슬리퍼 두 짝 팽개쳐진 거리, 감자탕집 앞에 여자가 쓰러져있다 종일 파도치는 물풀처럼 머리칼이 바닥에 쓸린다 뒤척일 때마다 피 범벅된 얼굴과 잔뜩 부어오른 입술이 까맣다 푸른 멍이 스미는 목을 지나, 찢어진 셔츠 아래 달처럼 떠있는 가슴이 뭉클 파도친다

식탁을 닦으며 아이들을 떠올리던 여자, 의수를 차고 온 사내에게 오늘 또 오른팔을 잡혔다 내일 일당까지 당겨 써야하는 팽팽한 하루, 칼국수집에서 콩나물국밥집으로 또 순대국밥집으로 수없이 잠적해도 금요일이면 용케도 찾아왔다 여자의 품삯에 고정된 눈빛, 한입에 여자를 삼키곤 했다

여자의 등이 바람을 민다 멀리 켜놓은 불빛 따라 저녁이 붙잡힌다 고층빌딩에 자신을 매어놓고 달비계를 타듯 아슬아슬 집으로 간다

*달비계 : 고층 건물의 외부 작업을 위해 외줄에 의지한 채 일을 하는 작업대

손 씨 부부

아파트 단지에 울긋불긋 가을이 요란하다 하얗게 분칠한 각설이 한 쌍 엿가위 장단에 덩더꿍 춤을 춘다 검정 고무신 흰 고무신 짝짝이 신발 스텝을 맞추느라 제각각 분주하고 조각조각 꿰맨 허수아비 한바탕 놀이를 끝내니 저녁이 깊다 어둠 속 웃는 입술은 얼굴에 피어난 크고 붉은 목단 꽃잎이다 청실홍실 엮은 허리띠 질끈 동여매고 사내가 받침대 위로 올라선다

연극의 2막이 오른다 컴컴한 얼굴들 둥그렇게 모여들고 꽹과리채를 잡은 손 허공을 뒤섞는다 목소리가 커지자 걸쭉한 입담 자진모리장단에 웃음 실은 어깨가 흔들흔들 동네 한 바퀴 술렁이는 사이 플래시가 번쩍인다 잠시 사진 속에 차렷, 가슴 한번 쭉- 내밀어 본다 누군가의 정지된 시간 속에 사내는 하얗게 웃는다, 각설이타령은 꽹과리와 한판 질펀하게 놀아보는 중이다

전나무 젖나무

휘청휘청 기어코 태풍 꼬리에 나무 허리가 부러졌다 혈관 곳곳에서 뚜욱 뚝 수액이 흘렀다 젖을 빨던 가지들이 사라졌다 이제 더는 뜨겁게 흐를 수 없는 유선, 겹겹의 나이테에 시린 바람만 갇혔다 사라진다

첫 아이를 낳자마자 올케는 아이를 잃어버렸다 가지 잘린 나무가 되었다 퉁퉁 불어버린 가슴을 열어 아이 대신 베개에 젖을 물렸다 흠씬 젖은 등을 토닥이며 잠이 들었다 잘린 겨드랑이에선 연신 젖이 흘렀다 밤마다 아기 고양이 울음소리 창문을 두드렸다 풀어헤친 머리칼이 길을 쓸고 다녔다 허공을 쥐었다 풀곤 했다 골목엔 갈기갈기 찢긴 바람이 웅성거렸다 아침이면 푸른 잎들 수북이 길을 지웠다 부러진 나무가 뚝 뚝 젖을 흘리며 돌아오던 오래 전 여름

허공에 머물다

— 시루

부비기 시작하면서 출발한다

다리를 뻗은 허공이 비리다

땅끝에 닿은 듯 중심을 잡고

몸을 불리자 나를 잊어버렸다

투명한 체온은 제 온기로 어지러워 시간을 놓아버리고

사라진 시간 속에서 검은 외투를 벗는다

말간 외피는 향기를 자아내며 자라기 시작한다

나무라 착각하고 살아보는 지금은 장마철

비가 오면 내 강물은 흐려지고

어두워지며 키운 허수아비처럼 빗질 못한 그늘이다

뿌리에서 멀어지자 싱거운 멀미가 시작된다

자주 목을 빼고 숨구멍을 만들며 바람을 끌어들인다

틈이 생기고 바람은 소리를 몰고 다닌다

그럴수록 커지는 갈증 잔뿌리를 내밀기 시작한다

한 모금이 그리운 시간 잔뿌리는 제 밑동을 퇴색시키고

몸이 된 뿌리는 기민함을 잃어버리고 굳어진다

너무 오래 머물렀던 탓일까

땅에 뿌리내리고 살던 전생이 그리워지는 때

푸석하게 굳어지는 다리는 이내 잘려 버릴 것이다
까만 시간 동안 머무른
먼 곳의 봄날은 따뜻한 기억일까

해빙기

―목섬

    사진 속 청년의 눈동자는 활화산이다 눈꼬리엔 마그마가 흐른다 목섬이 보이는 선재도 입구 서툰 발자국을 지워주던 아버지, 당뇨가 앗아간 눈으로 목숨줄 바다에 걸었다 파닥이는 생의 시간을 늘려놓다가 목섬에 소리 없이 누웠다 손돌바람 속 해빙海氷이 몰려들었다

안간힘을 쓰던 눈썹 바다 밖으로 발자국을 밀어냈다
목섬보다 위도가 높은 바다는 차가웠다
바다를 떠돌던 어둠을 챙겨 들고
다시 횟집으로 돌아왔다
발목을 뜯기고도 울지 못해 내몰린 알몸
빼앗긴 온기로 모여 얼었다
해변을 새털구름이 수놓는다
내 어스름을 밟는 오후
노을이 발목을 찾아든다
풍경이 된 바다 위로 섬 그림자가 앉는 저녁
더듬더듬 뻘을 만지며 들락거린다
그런 밤은 바람이 뻘 속을 기어 다닌다

썰물이 만들어 내는 목섬으로 가는 길

느리게 밟는다

저공비행

손등 위에 명주잠자리 한 마리
오후 햇살을 물고 있다
눈 대면 날아갈까, 내 숨이 멎는다
먼 우주를 날아와 늘어진 꼬리 끝
손등을 간질이며 씰룩거린다
어느 도시를 쓸고 다닌 걸까 찢어진 날개
바람에 걸려 마음조각 잃어버린 걸까
뒤뚱대는 몸은 낮게 날았을 것이다
낮은 것에 익숙해 자주 동료를 잃어버렸을 것이다
저 날개로 이 계절을 나긴 힘들 것이다
이제, 실낱 다리는 미동조차 없다
위험을 감지할 더듬이가 멈춘
동정 따윈 필요치 않은
가을강에 들기 위한 오늘
제 몸의 그늘 하나 가리지 못한다
손등 위에서
오후 햇살을 문 명주잠자리
한 잎 고요로 내려앉을 것이다

마치, 단풍잎 철새처럼 무리지어 날아간 뒤

아직 떠나지 못한

어느 여행자의 소리 없는 펄럭임처럼

황 씨의 단잠

　쇠 냄새 약품 냄새 싣고 비가 내린다 금형공장 사출공장 밀집한 도당동에선 머리를 감아도 지워지지 않는 공장밥 냄새 스멀스멀 피어오른다 단칸 세입 사장이나 삼 층 건물주 사장님이나 똑같은 작업복 기름때에 어둠을 말아 먹는다 사출공장 외팔이 황씨 점심엔 보이지 않는다 굽은 등으로 사출기에 내어준 팔이 헐렁거린다고 새 팔을 끼우러 갔다 땀으로 범벅된 하루가 끼운 팔 틈에서 구리스로 흘러내리고 통풍을 바라는 긴 팔 작업복이 헐떡거린다

　불완전변태라도 꿈꾸는 것일까 29도가 넘는 공장 안 동공이 따끔거리는 착색 실에서 잘 절여진 별빛 하나 섞어 돌린다 플라스틱 밥통이 꼬리를 친다 김 나는 밥을 먹겠다고 물갈퀴 손가락은 삿대질을 몰랐고 불끈 내밀 수 없는 손 꽉 쥐어본다 김 반장이 갈구는 미성형된 아침 모아 분쇄기에 넣으면 덜컹거리는 오후가 부서진다 오래전 눈 감아 균형 잡는 법을 익혀버린 황 씨 그에게서 발효된 폴리카보네이트 냄새 피어오른다

　굼벵이처럼 가끔 몸 뒤척이는 황씨

응시凝視, 혹은 깊은 시선

전 기 철

(시인 · 숭의여대 교수)

응시凝視, 혹은 깊은 시선

전 기 철
(시인 · 숭의여대 교수)

1

현대사회에서 시의 존재 의미는 무엇일까? 혹자는 몇 십 년 안에 시가 사라질 것이라고 하고 혹자는 시가 이미 죽었다며 사망선고를 내리기도 한다. 이런 불길한 징후를 보여주듯 시는 대중독자로부터 소외되었고 쓸모없는 존재로 전락했다. 그러나 아이러니하게도 시를 쓰는 창작 주체는 계속 증가하고 있다. 어쩌면 아무짝에도 쓸모없음으로 인하여 시는 끈질긴 생명력을 얻을지도 모르겠다. 모든 것을 효율성과 경제성으로 재단해버리고 거기에다 가치를 매기는 자본의 왕국에서 시는 쓸모없음으로 하여 자본과 물신의 지배에 저항하기 때문이다. 어떤 점에서는 시 쓰기가 히피의 정신과 닮아있는 듯하다. 자유로운 소울, 그 어디에도 속박당하지 않으려는 자유 의지, 타자와의 수평적인 관계나 소통을 지향하는 이런 히피의 정신을 시 역시 추구하고 있다.

시 쓰기는 한 인간이 진정한 자아를 찾아가는 내면의 여정이며, 타자와 소통을 추구하는 관계의 여정이다. 하여 시에는 한 인간의 존재가 고스란히 투영되고 그 영혼의 결이 섬세하게 드러난다. 시의 창조는 존재를 비추어 주는 언어의 거울이기 때문에 시인은 끊임없이 자아와 타자를 향해 거울놀이를 한다. 이 자본의 제국에서 상품화되지 않는 언어의 거울은 그 쓸모없음으로 하여 아름답고 가치가 있다. 이향숙 시인도 탐색자의 눈으로 시적 자아의 정체성과 타자의 존재를 발견하는 여정을 수행해 낸다. 때로는 격렬하게 때로는 고요하게 이향숙 시인은 시적자아와 타자를 응시한다. 그 응시는 다양한 이미지들로 변주되거나 상징을 통해 나타나기도 한다. 사막, 바다, 푸른 동굴, 날개, 저녁 등은 내면적 이미지이자 상징코드이다. 특히 세상과 불화를 겪으며 고통 받는 현실이 여성성을 통해 부각되고 있으며 그 고통의 치유 역시 여성성을 통해 나타나고 있다.

2

두 발로는 어지러워 어지러워 지네의 다리를 자꾸 만들었다 기
어 다니기에 편했다 막혀버린 유선이 욱신대면 욕조에 따뜻한 햇
살을 받는다 등짝에 붙어사는 물살무늬 조금 짜거나 가끔 따끔
거린다 수증기가 안개로 감고 눕는 물 속에서 모로 기울어진다
기울어진 반대쪽엔 건조주의보가 내리고 발아래 모래바람이 인
다 사막의 일상은 낮과 밤의 기온 차를 견디며 딛고 일어서야 하
는 발밑이다 갈라진 뒤꿈치는 갑각류가 되어간다 똑바로 설 수
없는 여자 중력을 이기지 못해 자주 물속에 든다 갑각류로 물속
에 들 때마다 꼬리지느러미가 돋는다 내륙으로 내륙으로 헤엄쳐
들어가면 바다를 품은 동굴이 발견될까

　　　―「갑각류 저 여자」 일부

카프카의 『변신』에서 주인공 그레고르가 인간에서 벌레가 되
었듯이 여자는 두 발을 버리고 지네의 수많은 다리를 만들어서
기어다닌다. 중력을 견디기 힘들어서 두 발로 걷는 직립의 인간
으로는 살아갈 수가 없기 때문이다. 중력이란 현실의 고통을
의미하는 기호일 것이다. 여자는 차라리 기어다는 것이 편하다.
그런데 여자는 갑각류에서 또 다른 차원의 변신을 한다. 꼬리
지느러미가 돋아 물고기가 되는 것이다. 그 물고기는 "바다를

품은 동굴"을 꿈꾼다. 이곳은 '바다'라는 광활한 공간과 '동굴'이라는 은폐된 공간, 서로 대립되는 두 세계가 합일되는 곳이다. 바다는 시원의 세계이자 생명의 원천이며 물의 원형적 상징은 죽음과 재탄생이다. 여자의 변신은 재탄생을 위한 내면적인 죽음을 떠올린다. 동굴은 생명이 태어나는 자궁의 이미지이자 고유한 자아의 내면세계를 이미지화한 것이다. 현실에서 훼손된 생명성을 다시 회복하려는 갈망이 여성성을 상징하는 '바다동굴'을 통해 나타나고 있는 것이다. 그런데 바다를 품은 동굴은 "내륙으로 내륙으로" 들어가야만 한다. 내륙이 심리적 공간이라는 점에서 이 행위는 바로 내면의 깊이를 위한 수직적 확장이다. "바다를 품은 동굴"은 전일성을 획득한 내면의 장소이면서 꿈꾸는 이상세계이다. 사막은 이런 이상세계와 대극을 이루고 있는 현실세계이다.

　　사막을 건너는 일은 언제나 두려웠다
　　사구를 넘으면 또다시 어제와 같은 언덕
　　길을 내려와야 했다
　　오래 걷는 일은
　　자꾸 비척대는 자신의 왼쪽 옆구리를 후려치는 일
　　두 개의 긴 속눈썹을 떼어버리고 모래바람을 맞는 일

　　　　―「게르에 돌아오는 시간」 일부

시적 자아는 사막을 건너는 일이 두려움이라고 고백한다. 그 두려움은 반복되는 경험을 통해서도 희석될 수 없는 것이다. 일상이 늘 반복되듯이 하나의 언덕을 넘으면 또 다른 언덕이 나타난다. 그 모래언덕을 어제도 오늘도 넘어야 하는 것은 바로 삶이다. 비척대더라도 쓰러지지 않고 걷기 위해 일부러 자신의 몸에 물리적 고통을 가하는 시적 자아의 모습에서 우리는 낙타의 이미지를 떠올리게 된다. 혹독한 사막에서 살아갈 수밖에 없는 낙타는 묵묵하게 고통을 감당한다. 속눈썹조차도 소용없는 모래바람을 온몸으로 맞아야만 한다. "게르 속으로 떨어지는 젖은 모래를 눈물"이라고 부르는 것은 시적 자아의 눈이 눈물로 젖어있기 때문일 것이다. 사막은 이향숙 시인에게 물리적인 공간이면서 시적 자아의 내면적 공간으로 고통의 현장이다.

어머니

이곳은 고비사막처럼 건조해요 사막에도 붉은 가시꽃이 핀다지요 기미도 없는 비 소식에 몸에서 가시만 돋아요 어머니의 어머니가 품어 온 어디에도 없는 눈물 많은 꽃들의 이야기를 아직 다 읽지도 못했는 걸요

어머니

능소화는 왜 도로까지 나와 목을 부러뜨리는 걸까요? 바닥에 떨어진 수많은 꽃들로 꽃이 토해내는 분내로 왜 도시가 이토록

뜨거운 걸까요

―「능소화가 목을 부러뜨리는 것은」 일부

가부장적 사회에서 어머니로 지칭되는 여성의 삶은 고통과
희생을 수반한다. 여성에게 가해진 굴레와 고통은 누대로 이
어졌기에 "어머니의 어머니가 품어온 어디에도 없는 눈물 많은
꽃들의 이야기"가 된다. 그 어머니의 딸인 시적 자아 역시 여성
으로서 고통의 연장선에 있고 어머니들의 눈물 이야기를 채 읽
기도 전에 자신 또한 그런 삶의 고통을 겪고 있다. 시적 자아가
살고 있는 공간인 도시는 고비사막과 같은 곳이다. 뜨거움은
열정이 아니라 아픔과 신열의 징조다. 도시는 병이 든 것처럼
뜨겁고 그 열기로 까무러지듯이 능소화가 목을 떨어뜨리고 있
다. 붉은 가시꽃이나 능소화가 환기하는 것은 고통 받는 여성
의 이미지이다. 이향숙 시에는 이렇게 고통스러운 삶을 살아가
는 여성들이 많이 등장한다. "파상풍을 덮고 잠든 그녀, 손잡
이가 없는 문을 자꾸 열고 있다 열리는 건 어둠뿐"(「101호 그
녀」)이거나 "어둠이 다시 제 어둠을 파먹는 지하방, 침대는 다
리를 절룩이며 통증을 쏟아낸다… 지금 좁은 창문을 빠져 나
가려해요"(「변명」)처럼 폐쇄된 공간에서 혼자 앓고 있거나 불
구의 삶을 살고 있다. 그곳으로부터 나오고 싶지만 문에는 손

잡이가 없고 창문은 좁다 안간힘을 써도 그 고립에서 벗어나지 못한다. 그녀들의 삶에서 동반자는 어둠뿐이다. "퉁퉁 불어버린 가슴을 열어 아이 대신 베개에 젖을 물렸다"(「전나무 젖나무」)에서 드러나듯 가장 소중한 것을 상실한 아픔 속에 있고 "그녀를 끌고 가는 건/ 오랜 과적에 무늬를 잃어버린 푸석한 수레바퀴"(「늦은 봄날」)의 빈곤한 현실에 처해있다. 세상으로부터 훼손되고 상처 받고 결핍된 삶을 살아가는 존재들이다. 때로는 남성의 가혹한 폭력에 노출되기도 한다.

꽃무늬 슬리퍼 두 짝 팽개쳐진 거리, 감자탕집 앞에 여자가 쓰러져있다 종일 파도치는 물풀처럼 머리칼이 바닥에 쓸린다 뒤척일 때마다 피 범벅된 얼굴과 잔뜩 부어오른 입술이 까맣다 푸른 멍이 스미는 목을 지나, 찢어진 셔츠 아래 달처럼 떠있는 가슴이 뭉클 파도친다

식탁을 닦으며 아이들을 떠올리던 여자, 의수를 차고 온 사내에게 오늘 또 오른팔을 잡혔다 내일 일당까지 당겨 써야하는 팽팽한 하루, 칼국수집에서 콩나물국밥집으로 또 순대국밥집으로 수없이 잠적해도 금요일이면 용케도 찾아왔다 여자의 품삯에 고정된 눈빛, 한입에 여자를 삼키곤 했다

여자의 등이 바람을 민다 멀리 켜놓은 불빛 따라 저녁이 붙잡

힌다 고층빌딩에 자신을 매어놓고 달비계를 타듯 아슬아슬 집으로 간다

― 「달비계를 타는 저녁」 전문

　영화의 한 장면을 연상시키는 이 시는 한 여성의 비극적인 정황을 사실적으로 보여주고 있다. 달비계는 고층건물의 외부 작업을 위해 외줄에 의지한 채 일하는 작업대라고 한다. 여자의 삶은 달비계를 타는 위태로움과 다르지 않다. 여자한테 기생해서 살아가는 남자는 무자비하게 폭력을 휘두르고 여자는 무방비상태로 고스란히 당하고 있다. 포식자가 먹잇감을 집요하게 추적하듯이 남자는 여자를 찾아내고 폭력을 일삼고 돈을 갈취한다. 그가 살아가는 방식은 여자를 흡혈하는 것이다. 그런데 그 남자 역시 세상으로부터 몸의 일부를 잃은 채 의수를 차고 불구의 삶을 살아가고 있다. 육체의 온전함을 상실한 상처는 물리적인 외상에 그치지 않고 정신적인 트라우마, 즉 내면에까지 깊은 상처를 남겼을 것이다. 어쩌면 남자의 폭력성은 그 트라우마에 뿌리를 두고 있는지도 모른다. 여성만이 아니라 남성들 역시 불우를 겪으며 고통받는 존재들이다. 사출공장에서 팔을 하나 잃은 황씨(「황 씨의 단잠」), 당뇨가 앗아간 눈으로 바다에 목숨줄을 건 아버지(「해빙기―목섬」), 섬유종을 앓으며 세상으로부터 소외된 사내(「포도 익히는 남자」), 목수였지만 지

114

금은 미이라가 되어가는 사내(「마른꽃」) 등등. 이들에게 삶이란 "내려다보면 아찔한 수직의 세상"(「수묵화」)과 다르지 않을 것이다. 이향숙 시인은 타자의 고통스러운 현실에 자꾸만 눈길을 주고 있다, 그들의 신산한 삶을 응시하는 눈길에는 온기가 배어있다. 그런 시인의 마음이 응집되어 있는 시 한 편을 보자.

할미는 넓은 땅 마다하고
절벽 바위틈에 밥집을 차렸다

오종종 식솔들과 모여앉아
잘 익은 햇살을 씻어 안치고
동강 물소리 떠다 고슬한 밥을 짓는다

겨울에 돌아가신 할미 이불에 두발 꼭 묻고
노란 꽃술 벙글면 몸을 찢으며 청보라빛 꽃이 핀다

벼랑에 등을 지고 살아가는 바람들
다치고 찢겨 너덜대는 날개들
부딪쳐 떨어지지 말라고
떨어져도 박차고 날아오르라고
할미는 꽃밥을 고봉으로 차려놓았다

　　　　―「할미꽃밥집」 전문

할미가 절벽 바위틈에 밥집을 차린 것은 천수관세음보살의 마음 때문이다. 힘없고 상처받고 위태롭게 살아가는 일체 중생을 위해서 밥을 짓고 밥상을 차린다. 밥이 무엇인가. 바로 생명이 살아가는 힘이다. 그 밥심으로 상처가 치유되고 떨어져도 다시 박차고 비상하는 힘을 얻는다. 이향숙 시인은 일체 중생을 품는 자비의 화신으로 할미를 귀환시켰다. 현대사회에서 할미라는 인물은 늙고 쇠약해서 쓸모없는 존재이다. 그러나 신화나 옛이야기 속에서 할미의 존재는 영적인 힘을 지니고 있으며 치유와 지혜를 담당한다. 뿐만 아니라 태고의 모성을 지니고 있다. 즉 생명을 주관하는 여신인 것이다. 이향숙의 시에서 우리는 까맣게 잊어버린 할미의 존재를 재발견하게 된다. 물신과 자본으로 재단해서 쓸모없다고 치부해버린 할미가 태고의 모성으로 생명을 살리는 여신의 이미지를 회복한 것이다. 가장 위태로운 곳에서 밥을 짓고 밥상을 차려서 힘없고 고통 받는 이들에게 치유와 회복의 힘을 길어 올리는 할미의 존재가 바로 현대사회에서 시가 아닌가 싶다.

3

현실은 언제나 구속이라는 틀을 가지고 존재를 옭아맨다. 하지만 이향숙의 시적 자아는 이런 구속을 박차고 나가려고 한다. 당당하고 자유로운 삶을 추구한다. 이런 갈망과 행동으로 인하여 상처를 받고 상실의 아픔을 겪는다 해도 현실에 안주하지 않는다. 이향숙의 시에서 날개의 이미지가 도드라지는데 이는 현실의 구속을 벗어나려는 자유의지의 상징이다.

검은 벨벳 연미복에 빨대를 돌돌 말아 들고 꼼짝도 못해요 어디를 다녀왔냐는 눈빛은 말아요 찢겨나간 절반의 꼬리를 모른척 하세요

떠돌던 먼지조차 붉게 내려앉는 강가, 하나 둘 모두 떠나간 자리 기우뚱 키 작은 여뀌의 발목을 부여잡고 온몸으로 부릅니다 '아니요 난 아무것도 후회하지 않아요' 산초나무에 매달려 등껍질 벗던 날 보았지요 초록위에 그려지던 꽃들을, 그대 손잡고 자귀나무 꽃침대 위의 그 아슬아슬한 비행은 또 어떻고요 범나리에 몸 욱여넣고 꿀 빨던 날 주홍 가루분 묻히고도 부끄러움 모르던 그날, 엉겅퀴에 앉았다가 그만 날개에 박힌 초승달을 잃어버리고 말았어요. 아, 에디뜨피아프의 마지막 노래가 흘러요 저기 부들레아 꽃잎 위를 옮겨 다니는 내가 보여요

흙으로 돌아온 자리, 들판은 다시 피려고 지던 꽃들로 가득한 저녁입니다

―「긴꼬리제비나비」 전문

긴꼬리제비나비의 입을 빌려 시적 자아는 자유를 만끽한 지난날들을 이야기하고 있다. 여기에 전설이 된 샹송가수 에디뜨 피아프의 노래 'non, je ne regrette'(아니요 난 아무것도 후회하지 않아요)를 온몸으로 부르며 자신의 당당하고 치열한 삶을 노래한다.' non, je ne regrette는 파란만장하면서도 치열한 삶을 살았던 에디뜨 피아프가 말년에 부른 노래로 자신의 인생에 대한 처절한 고백 같은 것이었다. 자유로운 영혼이었던 에디뜨 피아프는 극적인 삶을 살았고 기쁨과 고통의 극을 오가며 처절하게 노래를 불렀다. 긴꼬리제비나비는 이런 에디뜨 피아프의 자유로운 영혼을 표상하는 동시에 자유로움을 추구하는 시적 자아의 분신 같은 존재이다. 날개로 상징되는 자유에는 그에 대한 대가가 따르기 마련이다. 기존의 제도나 구속을 벗어난다는 것은 깊은 상처를 입을 수도 있다. 시의 화자 역시 "찢겨나간 절반의 꼬리"나 "날개에 박힌 초승달을 잃어버리고 말았어요"에서 보듯이 상처와 상실을 겪었다. 그런 아픔에도 불구하고 에디트피아프의 노래를 빌려 "난 아무것도 후회하지 않아요"라고 당당히 선언하고 있는 것이다.

바다를 나는 독수리를 상상해 보는 건 어때
불에 타 없어질지언정 이카로스의 날개를 원해보는 건

— 「카프리에서 우린 얼마나 파래질 수 있을까」 일부

가쁜 호흡으로 허공을 읽는 날개, 서역의 바람을 불러들였다
모래와 소금바람이 뒤엉켜 산맥을 넘고 수시로 방향을 틀었다
급경사의 아찔한 속도를 즐겼다

　　　　　—「101호 그녀-경칩」 일부

바람에 날개가 흔들린다 흔들리는 손 그림자
들썩, 온기 머물렀던 자리 훌훌 턴다
포르르, 느티나무 행성으로 내가 날았다

　　　　　—「흐린 날의 우화」 일부

너는 검은 날개짓으로 다가온다 마치 어둠에 부딪혀 상처인 줄
모르는 날아오를 수 없는 무늬를 가진 날개처럼

　　　　　—「비문증」 일부

어느 도시를 쓸고 다닌 걸까 찢어진 날개
바람에 걸려 마음조각 잃어버린 걸까

　　　　　—「저공비행」 일부

불에 타서 추락할지라도 이카로스의 날개를 원하고 아찔한 비행의 속도를 즐기며 또 다른 행성을 찾아갈 수 있게 하는 것은 자유를 향한 의지와 갈망이다. 때로는 부딪히고 상처로 하여 날아오를 수 없거나 찢어진 날개일지라도 그것은 무엇과도 바꿀 수 없는 인간의 가치이다. 이향숙 시인의 시적 자아는 날개를 꿈꾼다. 솟아오름과 추락이라는 아득한 간극으로 하여 삶은 격정의 시간을 거쳐서 다시 지상에 도달한다. 거기에서 죽음과 또 다른 탄생의 시간을 맞이하는 것이다. "흙으로 돌아온 자리, 들판은 다시 피려고 지던 꽃들로 가득한 저녁"처럼 말이다.

4

이향숙 시인에게 저녁은 특별한 시간이다. 낮과 밤의 경계에 있는 저녁은 시적 자아가 내면의 눈으로 세계를 응시하기에 가장 알맞은 조도를 갖고 있다. 한낮 빛의 세계는 눈부신 밝음으로 인하여 소란스럽고 시선이 밖으로 확산되는 반면, 저녁은 시선이 수렴되어 고요로 모아지고 내면의 공간이 열린다. 저녁은 이향숙 시인을 성찰과 응시 포용과 사색의 시간으로 인도한다.

간수 빠진 슬픔 하나 있을 거라고 늦은 저녁 소금창고에 왔네
오래된 창고 하나 풍경에서 멀어지고 있네

어쩌면 다시 봄을 맞을 수 없을지도 몰라 해풍에 갉아 먹힌 등
뼈는 속이 텅텅 비었잖아 하얗게 소금꽃 피워내던 날들은 잊어버
려 혼곤히 별을 품고 잠든 함석지붕 아래 젖은 몸 말리던 기도는
사라진지가 오래야 바람이 습지에 갇히면 마른 풀조차 허리를
꺾어, 납작 엎드려! 이 습한 나라에선 말없이 스러지는 일만이 유
일한 소일거리야 문 걸고 갯골에 드나드는 여행자들의 이야기나
주워들을 일이야

소금창고의 소회를 듣네 저녁 어스름과 동행하는 내 그림자 위
로 꽃처럼 사륵사륵 진눈깨비 내리네 하늘도 오늘은 바람에 베
인 듯 하네

　　　―「소래습지에서」 전문

　시적 자아가 늦은 저녁에 소래포구에 찾아온 까닭은 "간수
빠진 슬픔"을 만나기 위해서다. 한낮을 지나서 조용히 도착하
는 저녁처럼 간수 빠진 슬픔은 시간의 여과를 거쳐야만 한다.
풍화되고 있는 오래된 소금창고는 "간수 빠진 슬픔"의 객관
적 상관물이다. 소멸되어가는 존재의 슬픔은 격앙된 감정이 아

니라 담담한 어조이다. 이 담담한 어조는 시적 자아가 사물을 응시하는 자세이다. "강물과 강물을 지나온 바람의 저녁을 생각"(「베네치아 나의 베네치아」)하듯이 하나의 타자 안에 깃든 하나의 세계를 '사유'라는 정중동(靜中動)의 눈으로 바라보고 내면의 귀를 열어 섬세하게 타자의 목소리를 듣는 것이다. 가장 섬세한 감각은 육체에 있는 것이 아니라 마음에 있는 내면의 촉수이다. 육체의 감각으로는 느낄 수 없는 타자의 존재나 세계의 비밀을 내면의 감각으로 감지하기 때문이다. 빛과 어둠이라는 대극점을 통합하는 저녁은 이향숙 시인의 내적 감각이 가장 섬세하게 열리는 시간이라고 할 수 있다.

입(ㅁ) 하나 단단히 눌러 살 아래턱에 끼웁니다
같은 듯 다른 우리는 하나지만 둘입니다

살, 하고 발음하면 터지는 입처럼
날개 위의 햇살처럼 당신은 어디론가 깜짝 날아갑니다

하루에도 수천 번 바람을 이해하는
나뭇가지에 걸어둔 저녁새의 안부를 묻습니다.

낮 동안 그을린 나뭇잎들 가만가만 먼지 같은 소식을 털고
발 아래 키운 그늘을 가장자리부터 거둡니다

어김없이 어둠이 오고 나를 동그랗게 말던 저녁을 지나
실마리를 찾지 못하던 엉클어진 밤의 손끝을 지나

잘 있느냐고, 잘 있는 거라고
삶, 하고 다무는 입

　　　—「살 혹은 삶」 전문

　위 시는 삶을 대하는 이향숙 시인의 태도를 여실히 보여준
다. 일상은 무심히 흘러가지만 온힘을 다해서 하루를 살아낸
시적 자아가 어떤 시선으로 타자와 세계를 이해하는지 알 수
있다. 시적 자아는 저녁에 당도했다. 그 저녁은 "하루에도 수천
번 바람을 이해하는 나뭇가지"처럼 수없이 흔들림을 통해 타
자를 이해하는 깊은 시선을 갖는 시간이다. 피상적인 이해가 아
니라 자신의 존재가 무수히 흔들림을 겪고 인내하며 깨달은 이
해인 것이다. 시적 자아가 묻는 저녁 새의 안부는 세계를 살아
가는 모든 타자의 안부이다. "잘 있느냐고, 잘 있는 거라고" 이
평범한 말이 삶이라는 단어 속 입(ㅁ)에서 위안처럼 온기처럼
흘러나온다. 그리고 어떤 아픔일지라도 호들갑을 떨거나 소란
스럽지 않게 안으로 거두어서 "다만 붉은 무릎만 조용히 저녁
강에 가 닿는"(「너무 뜨거운 화법」) 다문 입은 침묵을 길어 올
리기에 그의 응시는 명상처럼 깊다. 호르헤 루이스 보로헤스는

「시학」에서 이렇게 노래했다. "이따금 오후에 한 얼굴이/ 거울 깊숙이 우리를 응시하네./ 예술은 우리 얼굴을/ 비추는 거울이어야 하네." 우리는 이번 시집에서 자아와 타자를 응시하는 이향숙 시인의 깊은 얼굴을 본다. 세계를 바라보는 내면의 거울 속 시인의 눈빛이 더욱 깊어지리라는 예감이 든다.

시와소금 시인선 066

빨간 악어를 만나러간다

ⓒ이향숙, 2017, printed in Seoul, Korea

1판 1쇄 발행 2017년 07월 31일
지은이 이향숙
펴낸이 임세한

디자인 유재미 정지은
펴낸곳 시와소금
출판등록 2014년 1월 28일 제424호
발행처 강원 춘천시 충혼길20번길 4, 1층 (우-24436)
편집실 서울시 중구 퇴계로50길 43-7 (우-04618)
팩스겸용 (033)251-1195 / 휴대폰 010-5211-1195
이메일 sisogum@hanmail.net
ISBN 979-11-86550-46-5 03810

값 10,000원

* 이 시집은 부천시 문화예술발전기금의 일부로 발간되었습니다.